VENTE
DU SAMEDI 1ᵉʳ MARS 1902
HOTEL DROUOT, SALLE Nº 11
à trois heures précises

Collection de M. X...

TABLEAUX MODERNES

COMMISSAIRE-PRISEUR

Mᵉ PAUL CHEVALLIER

EXPERTS

M GEORGES PETIT
M. L. MOLINE

COLLECTION DE M. X...

CATALOGUE

DE

Tableaux Modernes

PAR

BOUDIN, V. DUPRÉ, GUILLAUMIN, HUGUET
LECLAIRE, LÉPINE, LOISEAU, MAUFRA, PELOUSE
DE PENNE, PH. ROUSSEAU, VOLLON, ZIEM

DONT LA VENTE AURA LIEU

HOTEL DROUOT, SALLE Nº 11

Le Samedi 1er Mars 1902

À 3 HEURES PRÉCISES

COMMISSAIRE-PRISEUR

Mᵉ PAUL CHEVALLIER

10, rue Grange-Batelière, 10

EXPERTS

M. GEORGES PETIT	M. L. MOLINE
12, rue Godot-de-Mauroi, 12	20, rue Laffitte, 20

EXPOSITION PUBLIQUE

Le Vendredi 28 Février 1902, de 1 h. 1/2 à 5 h. 1/2

CONDITIONS DE LA VENTE

Elle sera faite au comptant.

Les acquéreurs paieront *dix pour cent* en sus des adjudications.

Désignation

TABLEAUX MODERNES

BOUDIN
(EUGÈNE)

1 — *La Pointe du Raz de Sein (Finistère).*

Au premier plan, à droite, une masse imposante de roches, au pied desquelles la mer vient déferler.

Elle blanchit de son écume la pointe des écueils que la marée n'a pas encore recouverts, venant battre de ses vagues le pied du phare que l'on aperçoit en pleine mer.

A l'horizon, un vapeur et quelques voiles blanches, perdus dans l'immensité.

Signé à droite, en bas.

Toile. Haut., 65 cent.; larg., 92 cent.

BOUDIN

(EUGÈNE)

2 — *La Touques, à Deauville.*

La rivière coule ses eaux tranquilles entre deux rives verdoyantes; sur ses bords s'élèvent quelques constructions.

Au premier plan, une barque est manœuvrée par un pêcheur ; plus loin, une autre barque est amarrée.

A gauche, quelques bâtiments se dirigent vers la rive.

Dans l'azur du ciel passent de gros nuages gris et blancs.

Signé à droite, en bas.

Toile. Haut., 46 cent.; larg., 65 cent.

BOUDIN

(EUGÈNE)

3 — *La Touques pendant les grandes marées.*

A droite, longeant la rivière débordée, dont les eaux calmes inondent les plaines, un chemin serpente : une paysanne se dirige vers les premières maisons du village, dont on aperçoit au fond le pont suspendu.

L'horizon est en partie masqué par de sombres massifs de verdure qui s'enlèvent sur un ciel où roulent de gros nuages, avant-coureurs de la pluie prochaine.

Signé à droite, en bas.

Toile. Haut., 51 cent.; larg., 75 cent.

BOUDIN

(EUGÈNE)

4 — *La Falaise d'Étretat.*

Au fond, à gauche, la falaise couverte d'une
végétation rare se découpant sur un ciel azuré ;
à droite, la mer immense, où passent quelques
navires.

Au premier plan, sur la grève, des barques
de pêche à la coque noire sont échouées ; sur
le sable, des filets sèchent au soleil, tandis que
des marins, près d'autres bâtiments, se livrent
à différents travaux.

Signé à gauche, en bas.

Toile. Haut., 55 cent.; larg., 41 cent.

4 — BOUDIN. *La Falaise d'Étretat.*

BOUDIN

(EUGÈNE)

5 — *Village au bord de la Touques.*

Sur les bords de la rivière dont les eaux ont débordé à droite dans les prairies environnantes, le village est construit. Les vieilles maisons aux toits d'ardoise se reflètent dans l'eau tranquille de la rivière, qui porte deux bateaux de pêche aux voiles déployées.

Au fond, des collines couronnées de bois ; puis, à l'horizon, dessinant leurs masses grises, des falaises derrière lesquelles on devine la mer.

Signé à droite, en bas, et daté : 72.

Toile. Haut., 36 cent.; larg., 58 cent.

5 — BOUDIN. *Village au bord de la Touques.*

BOUDIN
(EUGÈNE)

6 — *Trouville, la sortie des barques.*

De nombreuses barques de pêche, aux voiles brunes et blanches, quittent le port.

A droite, on aperçoit, surmontée d'un phare, l'extrémité de la jetée qui avance dans la mer, où moutonnent à peine quelques vagues.

Le ciel est d'azur avec quelques nuages légers.

Signé à droite, en bas.

Toile. Haut., 36 cent.; larg., 59 cent.

BOUDIN
(EUGÈNE)

7 — *Le Clocher du village.*

Le village a été construit sur un coude de la rivière; ses maisons, qui se perdent dans la verdure sombre des arbres, sont dominées par un clocher élancé, dont on aperçoit les cloches.

Sur la rivière, encore à quai, un bateau commence à carguer ses voiles.

Au premier plan, quelques canards barbottent près de la rive ; au fond, à gauche, l'horizon dessine une ligne bleue, s'enlevant vigoureusement sur un ciel gris tout chargé de nuages de pluie.

Signé à droite, en bas.

Toile. Haut., 41 cent. ; larg., 66 cent.

BOUDIN

(EUGÈNE)

8 — *L'Abreuvoir*.

Sur les bords de la mare, ombragée de grands arbres aux frondaisons sombres, deux vaches sont arrêtées. Une femme les garde pour les ramener ensuite à la ferme qu'on aperçoit, à droite, à travers les arbres.

Sur la mare, quelques couples de canards prennent leurs ébats.

Signé à droite, en bas.

Toile. Haut., 42 cent.; larg., 36 cent.

BOUDIN

(EUGÈNE)

9 — *Effet de nuit, esquisse*.

A droite, la silhouette de grands arbres se découpant dans le ciel ; à gauche, d'autres arbres encore, tandis que la lune éblouissante perce au firmament les voiles de la nuit.

Toile. Haut., 60 cent.; larg., 50 cent.

DUPRÉ

(VICTOR)

10 — *La Mare en automne.*

Au premier plan, au centre, un chêne robuste
étend ses rameaux puissants au-dessus de la
petite mare où se reflète l'azur du ciel ; à gauche, une chaumière, dont on n'aperçoit que le
toit.

Signé à gauche, en bas.

Panneau. Haut., 16 cent.; larg., 28 cent.

GUILLAUMIN

11 — *La Vallée au printemps.*

Dans la vallée, aux champs récemment ense-
mencés, on aperçoit de nombreux bouquets
d'arbres, sur lesquels le soleil matinal met de
belles caresses roses.

Au fond, à droite, en partie masqués par les
masses de verdure, les toits rouges d'un petit
village ; à gauche, au premier plan, d'autres
arbres encore.

Et plus loin, la campagne jusqu'à l'horizon,
qui se noie dans la brume d'une belle matinée
d'avril.

Signé à droite, en bas.

Toile. Haut., 54 cent.; larg., 65 cent.

HUGUET

12 — *Caravane traversant un oued.*

Dans le creux de la vallée, que dominent des masses de rochers couverts d'une végétation rare, sous un ciel d'azur, la rivière coule ses eaux peu profondes.

Quelques Arabes, dont l'un est à cheval, font traverser l'oued à des chameaux qui portent une tente rouge, dans laquelle des femmes s'abritent contre les rayons du soleil.

Au fond, l'horizon est borné par une ligne de montagnes s'enlevant vigoureusement dans le ciel bleu.

Signé à droite, en bas.

Toile. Haut., 66 cent.; larg., 86 cent.

LECLAIRE

13 — *Le Bouquet de fleurs.*

Dans un vase en porcelaine bleue à monture de bronze, au pied en partie caché par un tapis à broderies d'or, un bouquet de roses et de reines-marguerites de toutes couleurs.

Au fond, une draperie de Damas jaune dont l'étoffe fait de nombreux plis.

Signé à gauche, en bas.

Panneau. Haut., 60 cent.; larg., 42 cent.

LÉPINE

14 — *Port de Cherbourg.*

Dans le port aux eaux calmes, au pied de la digue qui le ferme presque complètement, de nombreux bâtiments sont amarrés ; d'autres, toutes voiles déployées, s'apprêtent à franchir la passe.

A gauche, sur le quai, des constructions massives et des docks aux toits d'ardoises ; puis, à l'horizon, sur l'azuré de la mer, des bateaux de pêche aux voiles gonflées par le vent.

Au premier plan, montée par deux rameurs dont l'un est vêtu de rouge, une barque gagne le quai.

De gros nuages blancs et gris passent dans le ciel, balayés qu'ils sont par une brise légère.

Signé à gauche, en bas.

Toile. Haut., 5o cent.; larg., 8o cent.

14 — LÉPINE.—*Port de Cherbourg.*

LOISEAU

15 — *Petite inondation, à Saint-Cyr (Eure).*

La rivière a débordé dans les jardins qui entourent le village, dont on aperçoit au fond le clocher de l'église, ainsi que les premières maisons; ses eaux bleues ont submergé toute végétation et baignent le pied des arbres, qui dressent dans le ciel froid et gris leurs menues branches que l'hiver a dépouillées de leurs feuilles.

Signé à droite, en bas.

Toile. Haut., 5o cent.; larg., 6r cent.

MAUFRA

16 — *Le Matin, à Beq-Mül.*

Sur la plage de sable aux rares rochers, la mer vient rouler ses vagues nombreuses dont l'écume se dore aux rayons du soleil levant.

A gauche, une petite falaise, couronnée d'une cabane, pousse une pointe de rochers dans les flots.

Le soleil met de jolis reflets roses dans le ciel, où courent de transparentes nuées.

Signé à gauche, en bas.

Toile. Haut., 6o cent.; larg., 73 cent.

MAUFRA

17 — *Rivière de Landerneau, effet du matin.*

A droite, sur la berge sablonneuse qui descend en pente douce jusqu'à la rivière, se dresse un massif d'arbres aux ramures touffues ; au fond, à droite, l'autre rive s'estompe dans la brume du matin.

Sur la rivière aux eaux bleutées, deux barques que dirigent des pêcheurs.

Signé à droite, en bas.

Toile. Haut., 54 cent.; larg., 55 cent.

PELOUSE

18 — *Le Vallon.*

Dans le fond du vallon, que bordent à l'horizon de hautes collines aux frondaisons rouillées par l'automne, le petit ruisseau a creusé son lit.

A gauche, des prairies encore verdoyantes ; à droite, sur les bords du ruisseau, deux grands arbres aux troncs torturés émergent d'un massif de verdure, au milieu duquel deux chaumières, coiffées de toits rouges, sont tapies.

Signé à droite, en bas.

Toile. Haut., 55 cent.; larg., 46 cent.

DE PENNE

19 — *Chiens en arrêt.*

Dans une prairie, à l'herbe verte et drue, deux chiens de chasse, l'un blanc à taches feu, l'autre gris et noir, regardent partir devant eux une compagnie de perdreaux, sur laquelle un chasseur est en train de tirer.

A gauche, les arbres d'un verger se silhouettant sur le ciel pur d'une matinée d'automne.

Signé à droite, en bas.

Panneau. Haut., 38 cent.; larg., 46 cent.

ROUSSEAU

(PHILIPPE)

20 — *Nature morte.*

Sur une table de marbre blanc veiné de gris, un panier en osier tressé est entièrement rempli de pêches à la peau duvetée ; à ses côtés, un verre avec du vin rouge, dans lequel trempent une cuillère et des quartiers de pêche épluchés.

A gauche, une bouteille et un couteau à manche d'ivoire placé sur une moitié de fruit.

Au pied du panier, trois morceaux de sucre à cassures irrégulières.

Signé à droite, en bas.

Toile. Haut., 46 cent.; larg., 81 cent.

VOLLON

21 — *Nature morte.*

Sur une table, des pêches vermeilles et des prunes noires et jaunes, puis un saladier à décors polychromes, rempli jusqu'au bord d'autres fruits.

A droite, s'enlevant sur le fond grenat d'une tapisserie, une buire en métal doré.

Signé à droite, en bas.

Panneau. Haut., 49 cent.; larg., 62 cent.

ZIEM

22 — *Saint-Georges-Majeur, à Venise.*

Huit heures du soir en été : au ciel commence à paraître le croissant de la lune, qui projette sa claire lumière sur les constructions qui entourent Saint-Georges-Majeur.

A droite, un bateau, la voile carguée, est amarré ; à gauche, une gondole, manœuvrée par deux bateliers, traverse le canal. .

Signé à droite, en bas.

Panneau. Haut., 53 cent.; larg., 80 cent.

22 — ZIEM. *Saint-Georges-Majeur, à Venise.*

ZIEM

23 — *Venise, effet d'orage.*

A droite, des constructions sombres, surmon-
tées d'un dôme et d'une tour, se profilent sur
un ciel d'orage, dont les gros nuages de pluie
assombrissent l'eau du canal.

Une gondole, dont la proue effilée fait jaillir
l'écume, passe rapide à l'horizon.

A gauche, quelques barques sont arrêtées.

Signé à droite, en bas.

Panneau. Haut., 45 cent.; larg., 68 cent.

ZIEM

24 — *Canal Grande, à Venise.*

A droite, au pied d'un massif de maisons aux tons rougeâtres, que domine le clocheton d'une église, un chantier de bateaux est établi.

Au fond, se découpant sur le ciel gris, l'église de la Salute.

Au milieu du canal, se dirigeant sur la gauche, un batelier, à casaque rouge, conduit une gondole.

Signé à droite, en bas.

Panneau. Haut., 5o cent.; larg., 67 cent.

Paris. — Imprimerie Georges Petit, 12, rue Godot-de-Mauroi. — 11555-02

RED. :

19

MIRE ISO N° 1
NF Z 43-007
AFNOR
Cedex 7 - 92080 PARIS-LA-DÉFENS

graphicom

0 1 2 3 4 5 6 7 8 9 10

BIBLIOTHEQUE
NATIONALE
DE FRANCE

****

CHATEAU
DE
SABLE
1996